Carl Igna

Reise eines Erdbev

C000088592

SEVERUS Verlag

ISBN: 978-3-96345-272-7
Druck: SEVERUS Verlag, 2019

Der SEVERUS Verlag ist ein Imprint der Bedey Media GmbH.
Bibliografische Information der Deutschen Nationalbibliothek:
Die Deutsche Nationalbibliothek verzeichnet diese Publikation in der
Deutschen Nationalbibliografie; detaillierte bibliografische Daten
sind im Internet über http://dnb.d-nb.de abrufbar.

Carl Ignaz Geiger

Reise eines Erdbewohners in den Mars

Editorische Notiz:

Der Text der vorliegenden Edition folgt der Originalaus-
gabe von 1790. Die Interpunktion und veraltete Ausdrü-
cke wurden beibehalten. Bilder entnommen aus: Bürgel,
Bruno Hans: Aus fernen Welten. Eine volkstümliche
Himmelskunde. Berlin 1920.
folgt der Druckvorlage. Der Inhalt ist im historischen
Kontext zu lesen.

– – Pictoribus atque Poetis
Quodlibet audendi semper suit
æqua potestas.

Horat.

– – Inspicere tamquam in speculum –
– – – – suadeo

Terent.

Lange sah ich aus einem fremden Weltteile mit Ärgernis
dem kindischen Spiele zu, das Europa, in unserem tänd-
lenden Jahrhunderte, mit Luftballen und Luftschiffen
trieb; und lachte über das wichtige Ansehn, das man sich
dabei gab, und über das Zetergeschrei, das man als über
eine nützliche und wichtige Erfindung erhob: ohngeachtet die Sache an sich nichts mehr und nichts weniger ist,
als was uns die Kinder alle Tage mit ihren Seifenblasen
und ihren papiernen Drachen sehen lassen, die hoch in
der Luft fliegen, wohin sie der Wind treibt; nur mit dem
Unterschiede, dass unsere Luftschiffe mit buntem Taf-
fet überzogen, und mit zierlichen Fränzchen verbrämt
sind, und darin ein französischer Windbeutel sitzt, luftig
genug, um von der Luft getragen zu werden. Mehr noch
lachte ich, als ich darüber in meinen Büchern nachschlug,
und in Sturmii colleg. curios. fand, dass bereits im
Jahre 1670 ein Jesuite in China, P. Lana, und ein gewisser
P. Bartholomeo in Spanien, die Kunst in der Luft zu schif-
fen ans Licht gebracht, und dass ersterer sogar ein Werk,
unter dem Titel: Prodromo della arte maestra, über
diese Kunst, und über die Einrichtung dieser Maschinen

herausgegeben habe, worin er bewies, wie man ein Schiff in der Luft steuern und lenken konnte, wohin man wollte.

Abermal – sagt' ich – eine Erfindung aus dem Altertume, die unser pralerisches Jahrhundert als seine eigene ausgibt, und auch diese noch dazu verstümmelt!

Ich dachte indes der Erfindung des P. Lana nach, und sann auf Mittel, sie ausführbar zu machen. Ich zog darüber andere Gelehrte zu Rate, verschrieb sogar derer aus entfernten Ländern, und da mir das Glück beträchtliche Reichtümer beschert hatte: so sparte ich keine Kosten, meinen Zweck zu erreichen. Es gelang uns. Mein Mut wuchs dadurch. Ich verfiel nun darauf, dass es auch nicht unmöglich seie, eine Reise außer unserm Planeten zu machen, und beschloss ein- für allemal, den Versuch zu wagen: denn in dem Unsrigen schien mir überdies alles, durch die vielen Reisenden und Reisebeschreibungen zu Wasser und zu Lande, so ganz erschöpft, dass nicht ein Plätzchen handgroß mehr übrig blieb, wovon sich noch was hätte sagen lassen, das nicht schon hundertmal satirisch, moralisch, politisch, geographisch, historisch, statistisch etc. etc. gesagt worden wäre.

Da nun aber die größte Schwierigkeit, die, wie man bisher glaubte, die Reise nach einem fremden Planeten unmöglich macht, darin besteht, dass wir, aus Mangel an Luft, uns nicht außer unserer Atmosphäre empor schwingen können: so hatt' ich, mit Hülfe meiner Gelehrten, Mittel erfunden, wodurch das Schiff mit einem solchen Vorrate von Luft versehen werden konnte, dass wir damit gar leichtlich in den oberen Regionen auszureichen im Stande waren.

Wie dies geschah – und wie überhaupt das Schiff, das ich dazu errichten ließ, gebaut war: hievon werd' ich noch einen besonderen Abriss, samt der weitläufigen Beschreibung, veranstalten; um nicht, wie irgend ein teutscher Reisebeschreiber, durch die Beschreibung meines Fahrzeuges, beinahe den halben Raum meines Buches auszufüllen.

Da ich irgendwo gelesen hatte, dass ein gar gelehrter Mann in Preußen hinten an seinen Reisewagen einen Meilenmesser hatte anbringen lassen, so ließ ich nicht minder so ein Ding an den Schwanz meines Luftschiffes befestigen: und nachdem mir ein großer Astrologe die Videnda im Monde und in der Venus in meine Schreibtafel notiert hatte, so trat ich mit meinem ältesten Sohne, einem Paare geschickter Naturkundiger – die hier die Luftsteuermänner waren – und einigen Ruderknechten, im Zutrauen auf Gott, mutig und getrost meine Reise an; eine Reise, die dem Publikum vielleicht unglaublich scheinen dürfte, weil sie ihm noch unbekannt sein wird; welches aber davon kömmt, dass wir in meinem Weltteile weniger öffentliche Neuigkeitstrompeter, als in Europa, haben, und ich nicht vor der Zeit ein Geschrei davon – wie die Europäer von ihrem Luftballen – mit vollen Pausbacken in die Welt erheben wollte.

Wir waren, nach unserm Meilenmesser, etwa eine teutsche Meile weit über die Oberfläche der Erde empor gekommen, als unsere Steuermänner von unserem Luftvorrate Gebrauch zu machen für nötig fanden: welches sie auch mit so viel Vorsicht und Geschicklichkeit taten, dass wir die Verschiedenheit der Sphäre, worin wir schwebten, kaum empfanden, und dass unser Schiff mit einer bewundernswürdigen Schnelligkeit stets weiter und weiter sich himmelan hob.

Zum Unglücke zerbrach durch das Versehen eines unserer Ruderknechte der Meilenmesser; und ich kann daher die geometrische Länge des Raumes, den wir durchschifften, unmöglich bestimmen. Nur so viel weiß ich noch, dass unsern Steuermännern bereits wegen des Luftvorrats bange zu werden anfing: als wir bemerkten, dass sich uns ein neuer Luftkreis öffnete, der den Vorrat der Unsrigen unnötig machte. Bald darauf schrien unsere Leute: Land! Land! und wir wurden mit Erstaunen eine Art von Terrain, wie dieses auf unserm Planeten gewahr, das sich immer weiter und weiter ausdehnte, und uns endlich rings umgab. Mit einem Worte: wir befanden uns – im *Mars*!

Wir sahen itzt Wälder und Flüsse und Berge und Städte. Aber die letzteren waren sehr verschieden von den Unsrigen. Die Häuser waren nicht von Stein, sondern von einer weit leichteren, aber ebenso festen Masse erbaut, die der dasige Boden, wie der unsrige die Steine, hervorbringt. Was uns dabei von ferne am meisten frappierte, war, dass wir verschiedene Häuser sich von der Stelle bewegen, und ziemlich geschwinde fortwandeln sahen. Es hat damit folgende Beschaffenheit: Die Häuser sind klein, niedrig, selten höher als ein Stockwerk, länger als breit, und alle auf einer Art von Walzen so künstlich gebaut, dass man sie besonders auf einem Boden, wie dieser, der gar nicht steinigt und sehr flach ist – leichtlich von einem Orte zum andern bewegen

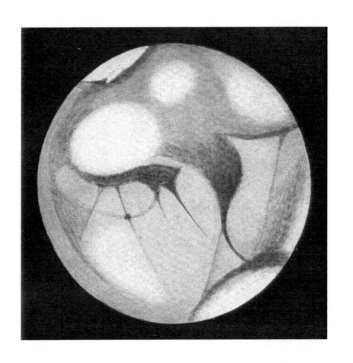

kann. Daher dann die Vornehmern öfters in ihren Häusern nicht allein spazieren fahren, sondern auch wohl gar kleine Reisen machen, wozu man dort eine Art von Tieren gebraucht, die unsern Kamelen viel gleichen, ausgenommen, dass sie nicht den hohen Rücken derselben haben. Diesen Tieren ist eine außerordentliche Stärke und Schnelligkeit eigen: ihrer zwei ziehen ein mittelmäßiges Haus gemächlich fort, und laufen damit des Tages 12, 15 Stunden. Nur die Ersten und Reichsten des Landes lassen derer vier, sechs oder acht vor ihre Häuser spannen; der Regent aber, oder, wie er in der Sprache des Landes heißt, der *Hochgewaltige* allein fährt – mit vier und zwanzigen! Geht er aus, so wird nach der Sitte des Landes der ganze Weg, den er wandelt, mit Menschen belegt, auf deren Rücken er einhertritt; ein Gebrauch, den aber der itzige Regent sich verbeten hatte.

Die Beweglichkeit der Häuser verschafft den Inwohnern die Vorteile, dass sie ihren Wohnort nach Belieben sehr leicht verändern können. Manche Stadt wächst daher oft plötzlich zu der größten des Landes an, und ist dann wieder auf einmal die kleinste; und auf manchen Stellen, wo keine Hütte stand, sieht man itzt in einem Nu Städte hervorgehn. Allein auf einer anderen Seite ist die Sache auch nicht ohne Ungemach. Es wird nämlich für Schande gehalten, sich ohne sein Haus irgendwohin zu begeben, das ist, zu Fuße zu gehn; weil dies gewöhnlich nur solche Leute tun, die keine eignen Häuser besitzen, welches in *Papaguan* – so heißt dies Land – nicht wenig entehret.

Bei unserer Ankunft hatte sich sogleich eine sehr große Menge von Menschen um uns her versammelt, welche das sichtbarlichste Erstaunen über eine so wunderbare Erscheinung an den Tag gaben. Bald sahen wir uns von einer ungeheuren Schar umringt, wovon uns viele betasteten, befühlten, unser Schiff untersuchten, und durch Worte, die wir nicht verstanden, dann durch Zeichen und Gebärden, Aufklärung über uns und unsere Herkunft von uns zu erforschen bemüht waren.

Der Ruf von der seltsamen Erscheinung drang bis zu dem Hochgewaltigen. Er schickte eine Gesandtschaft an uns ab; und da ihm gesagt worden war, dass wir eine Sprache sprachen, die niemand verstünde, so hatte er die Vorsicht gebraucht, drei der gelehrtesten Priester zu diesem Amte zu wählen, die den Ruhm behaupteten, dass sie allein jede Sprache verstünden, die außer ihnen niemand verstehe –

Das Volk zerteilte sich ehrerbietig, als sie auf uns zukamen, und wir schlossen daraus auf ihre Würde und die Art ihres Geschäftes. Wir empfingen sie demnach mit aller Höflichkeit und Ehrerbietung, und nachdem sie uns in mehrern Sprachen angeredet hatten, die uns alle gleich unverständlich waren, glückte es einem, sich in einem Mischmasch verständlich zu machen, das meist aus korruptem Latein bestand, und auf diesem Planeten, wie wir nachher bemerkten, unter die galanten Sprachen gehörte.

Er erklärte uns den Auftrag seinen Fürsten, und ich sagte ihm dagegen, dass wir aus einem fremden Planeten kämen; und dass uns ganz allein die Begierde hieher geführt habe, unsere Kenntnisse zu erweitern. – Wie? was? aus einem fremden Planeten – schrien sie alle ganz

9

erstaunt: – gibt es denn auch noch eine Welt außer der Unsrigen? einen Planeten, der bewohnt wird, außer dem Unsrigen? – Ich nahm meinen Beweis davon her, weil wir selber Bewohner dieser fremden Planeten wären. Allein ich hatte Mühe, sie von der Wahrheit dessen und von der Art zu überreden, wie wir hieher gekommen waren. Waren sie erstaunt über einen fremden bewohnten Planeten: so waren sie es itzt nicht weniger über unsere Erfindungskraft, unsern Mut und unsere Wissbegierde, die uns zu diesem tiefgedachten, gefahrvollen Unternehmen veranlassen konnten.

Der Vornehmste darunter führte uns in sein Haus, und bat uns hier zu verziehen: indes er mit den übrigen hinging, dem Hochgewaltigen von dem, was er gehört hatte, Bericht zu geben.

Er kam lange darnach wieder, und sagte uns, dass der Hochgewaltige morgen nach dem Aufstehen uns zu sprechen verlange. Hierauf war er so gefällig, und erbot sich, uns das Merkwürdigste des Ortes zu zeigen. Wir nahmen das Anerbieten mit Dank an, und er führte uns in den Tempel.

Es war ein weites, längliches Rondel; rings umher waren Opferaltäre. Wir fragten, wem hier geopfert würde?

Der Priester. Dem Herrn der Heerscharen, dem Wesen aller Wesen, dem Schöpfer des Himmels und der Welt.

Wir. Was opfern Sie ihm?

Priester. Ihn selbst!

Wir stutzten. »Sie müssen wissen – sprach der Mann – mit Stolz und Feuer – dass wir, die Priester dieses Gottes –

die Gewalt besitzen, unsern Gott, wann es uns beliebt, vom Himmel herab zu bannen.« Wir erschraken!

Ich. Aber wie opfern Sie ihn dann?

Er. Wir essen ihn!

Wir sahen uns an, und wussten nicht, ob wir über die Raserei lachen, oder über die Vermessenheit zürnen sollten. Ist dies möglich? riefen wir alle voll Erstaunen: also ist Ihr Gott ein körperliches Wesen?

Er. Er war es ehemals, als er auf unsere Welt kam, und wird es auf unser Gebot wieder, so oft wir ihn opfern.

Ich. Folglich ist er auch sichtbar? und wie zeigt er sich denn?

Er. Er ist weder sichtbar, noch zeigt er sich.

Ich. Und doch essen Sie ihn? und doch ist er in dem Augenblick ein körperliches Wesen? Erlauben Sie uns, zu fragen: wie sich dies vereinbaren lässt, und woher Sie wissen, dass Sie etwas essen, das nicht sichtbarlich ist, und sich keinem Ihrer Sinne zeigt?

Er, mit einem feierlichen Anstande. Meine Herren! dies sind heilige Geheimnisse unserer Religion, woran ein Mensch nicht zweifeln darf, wenn er nicht die Rache seines Gottes über sein Haupt laden will. Die Religion befiehlt, zu glauben – und dies ist der zureichende Grund, gegen den die Vernunft sich zu empören nicht wagen darf.

Ich. Verrichten Sie dies Opfer öfter im Jahre? und welche sind diese Feste?

Er. Jeder von uns an jedem Orte, soweit unsere heil. Religion reicht, verrichtet es gewöhnlich alle Tage einmal.

11

Ich, ganz erstaunt. Jeder alle Tage einmal! Ihr Gott muss also sein körperliches Wesen jeden Augenblick mehr als tausendmal vervielfältigen, um beständig Ihrem Gebote gehorsam, an mehr als tausend Orten, zu gleicher Zeit hernieder zu kommen? Wie ist dies möglich?

Er. Dies ist eben das große Wunder, das unbegreifliche Geheimnis unserer heil. Religion.

Ich. Man muss wenigstens gestehen, dass ihr Gott außerordentlich gefällig und herablassend ist – Aber Sie sagten auch vorhin, dass er ehemals auf Ihrer Welt körperlich herum gewandelt sei. Hat ihn jemand unter Ihnen gekannt?

Er. Bewahre! Es sind seither schon mehr als fünfhundert Jahre verflossen[1]: so alt wird bei uns niemand.

Ich. Woher wissen Sie's dann also?

Er. Verschiedene seiner Freunde, die mit ihm zu gleicher Zeit lebten, haben uns die Zeugnisse davon in einem großen Buche hinterlassen, worin sie seine Taten und Reden hienieden aufzeichneten, und wovon das geringste zu bezweifeln, Sünde wäre – in einem Buche, dessen Ansehn und Glaubwürdigkeit göttlich, d. h. untrüglich ist, und welches wir, in zweifelhaften Fällen, auszulegen alleine Macht von Gott haben.

Ich. Allen Respekt vor diesem Buche, das Freunde schrieben – und Priester auslegen – Aber wie kam dann Ihr Gott auf Ihre Welt?

Er. Er ward durch eine Jungfrau, gemeinen Standes, geboren, die versicherte: dass er nicht von einem Manne,

---

1   Ein Jahr im Mars macht 3 ½ Jahre der Unsrigen.

sondern von der Kraft des Himmels in ihr gezeugt worden war, und dass ein Engel in der Abenddämmerung ihr es vorher verkündigt, worauf sie gleich empfangen habe; und zwar ohne Verletzung ihrer Jungferschaft: und ebenso unverletzt gebar sie!

Ich. Sonderbar! also nicht durch den natürlichen Weg?

Er. Wie anders?

Vielleicht, dacht' ich, ist hier das weibliche Geschlecht anders, als bei uns, beschaffen. Da ich aber meine Neugierde darüber nicht geradezu äußern wollte: so fragt' ich durch Umwege.

Ich. Aber sagen Sie uns doch zur Güte, wie haben wir dies zu verstehen: durch Kraft des Himmels empfangen, und ohne Verletzung der Jungfrauschaft gebären?

Er, mit einer andächtigen Zuckung. Das ist eben wieder das heilige, unerforschliche Geheimnis, vor dem wir unsere schwache Vernunft tief beugen müssen.

Ich. Woher wusste man aber dann, dass alles, was diese gemeine Weibsperson sagte, so pünktlich wahr sei? War etwa die Erscheinung und die Verkündung des Engels von Zeugen gesehn und gehört – war die Jungfrauschaft nach der Geburt untersucht worden?

Er, hitzig mit rollendem Auge. Gott bewahre! was denken Sie? Aber der Herr mag Ihrer Unwissenheit vergeben: sonst würden Sie schwere Verantwortung über das schändliche Misstrauen und über die Unehrerbietigkeit zu geben haben, die Sie gegen seine göttliche Mutter bezeigen.

Ich entschuldigte mich mit meiner unschuldigen Absicht und meiner Unwissenheit, und fuhr fort: Was machte dann Ihr Gott auf Ihrer Welt? und was bewog ihn, auf so sonderbare Weise sich einzustellen?

Er. Das Selenheil aller Menschen!

Ich. So verwundre ich mich, dass er nicht auch auf unsern Planeten kam: da wir doch auch Menschen sind. Aber ich bitte, mir dies etwas deutlicher zu machen.

Er, indem er die Augbraunen hoch aufzog, und einen frommen Blick daraus gen Himmel schoss. Gott war wegen der Sünde eines Menschen, des Stammvaters, gegen das ganze Geschlecht aller Nachkommen so sehr ergrimmt: dass er sie alle ewig zu verderben drohte.

Ich. Schröcklich! ist dann Ihr Gott nicht gerecht, nicht barmherzig?

Er. Wer zweifelt?

Ich. Und er konnte doch so rachgierig gegen eine ganze unschuldige Nachkommenschaft sein, die für die Schwachheit ihres Stammvaters nicht das Geringste konnte?

Er, ernsthaft und mit verbissenem Zorne. Die Ratschlüsse Gottes, mein Herr! sind unerforschlich; und es kömmt uns kurzsichtigen Menschen nicht zu, darüber zu richten. – Kurz; der Sohn Gottes übernahm es daher –

Ich. Ihr habt also mehrere Götter?

Er. Keineswegs; sie sind eins.

Ich. Aber der Vater kann ja unmöglich der Sohn, und der Sohn unmöglich der Vater sein!

Er. Das sind wieder Geheimnisse unserer heil. Religion, die der schwache Menschenverstand nicht ergründet. Der Sohn Gottes, sag ich, übernahm es daher, den Vater zu versöhnen.

Ich. Das war schön von eurem Sohne Gottes. Aber warum kam er deswegen auf eure Welt? War dann der Vater, den er versöhnen wollte, nicht im Himmel?

Er. Wohl, da war er. Aber die Versöhnung musste hienieden vollbracht werden, und zwar – so war es von Gott beschlossen – durch den grausamsten Tod seines Sohnes!

Wir alle voll Entsetzen. Wie? Was?

Er. Nicht anders! Und dessen allen ohngeachtet – so groß ist noch der Zorn des beleidigten Gottes – würde Er uns doch alle ewig verderben; wenn man uns nicht nach unserer Geburt die Köpfe, unter gewissen Zeremonien, mit Wasser wüsche; wodurch die Schuld der Sünde vollends von uns abgespült wird.

Wir, außer uns. Wie? Euer Gott konnte den Tod seines Sohnes wollen – um für ein unschuldiges Geschlecht versöhnt zu werden? wollte dies Geschlecht ewig verderben: wenn nicht sein Sohn den grausamsten Tod für selbes stürbe? wäre damit noch nicht zufrieden: wenn man nicht eines jeden Kopf nach der Geburt mit Wasser wüsche? – Und Ihr könnt dies sagen, und fühlt nicht, dass Ihr die plumpsten, abgeschmacktesten Lügen sprecht, und ihn zum eigensinnigsten, boshaftesten Tyrannen macht? Oder wer anders, als ein Tyrann, kann den Tod seines Sohnes als ein Opfer verlangen, um seine Rache gegen arme unschuldige Menschen zu sättigen? Wer anders als ein Tyrann kann mit solcher *Rachsucht* eine *ganz unschuldige Nachkommenschaft* für das Vergehen eines Einzigen verfolgen, woran sie keine Schuld haben?? –

Wir hatten in der Hitze, über die allzugroben Beleidigungen der gesunden Vernunft, nicht bemerkt, dass unser Mann, während unserer Rede, in eine Art von konvulsivischer Bewegung geriet. Seine Muskeln schwollen, sein Gesicht war aufgetrieben, und seine Augen flammten und rollten fürchterlich umher. Er schnaubte vor Wut, eilte schnaubend nach der Türe, und rief unter das Volk, das sich, um uns zu sehen, versammelt hatte: »Ketzer! Tempelschänder! Gotteslästerer! ergreift sie! werft sie heraus! steiniget sie!«.

Das Volk drang hierauf mit wildem Getöse, wie ein reißender Strom, in die Kirche, ergriff uns, und schleppte uns, auf Befehl des Priesters, mit sich fort. Der Zusammenlauf war erstaunlich. Wir wurden gemisshandelt, mit Steinen geworfen, und, unter dieser Begleitung, in einen Turm gebracht, worin man uns tief unter der Erde in stinkende, feuchte Gewölber sperrte.

Hier hatten wir nun Zeit, Überlegungen anzustellen, über das, was vorgefallen war. Wir fanden in allem, was uns der Pfaffe gesagt hatte, nichts, als die gröbsten Widersprüche und den plumpsten Unsinn, den er allemal unter dem Namen: *Religionsgeheimnisse* versteckte. Wir konnten daher nicht begreifen, wie man all dies Gespinste eines verrückten Gehirns für so heilig und ehrwürdig halten konnte, dass man Fremden, die es nicht dafür hielten, mit dieser Raserei und Grausamkeit zu begegnen, fähig war; und unser Resultat war: dass wir im Lande der Verrückten wären. –

Die Nacht schien uns in unserem scheußlichen Aufenthalt eine Ewigkeit. Schlaflos brachten wir sie in banger Erwartung dahin. Hundertmal verfluchten wir den unglücklichen Gedanken, nach einem fremden Planeten zu reisen. Der Morgen kam endlich, und wir wurden abgeholt, und in die Residenz des Hochgewaltigen geführt, weil dieser ausdrücklich verlangt hatte, selbst bei der Untersuchung gegenwärtig zu sein.

Hier wurden wir in einen großen Saal gebracht. Eine Schar von Pfaffen war darin um einen Tisch versammelt, an welchem der Hochgewaltige obenan saß. Der Pfaffe, der uns hatte ergreifen lassen, brachte seine Klage gegen uns in der Sprache an, die er mit uns gesprochen hatte. Er beschuldigte uns: dass wir Gott geleugnet, und ihn mit den abscheulichsten Ausdrücken gelästert hätten, die er zu wiederholen sich fürchte. Er sagte, wir wären Abgesandte des Teufels, die durch teuflische Gewalt hieher gekommen wären, um teuflisches Gift auszubreiten; und schloss mit dem Beweise, dass wir alle schuldig wären, ohne Barmherzigkeit lebendig verbrannt zu werden! dies sei das einzige Opfer, wodurch die erzürnte Gottheit für ihre gelästerte Majestät und ihren geschändeten Tempel besänftiget werden könne. Er drohte mit den fürchterlichsten Strafen, wenn dies nicht geschähe. Alle übrigen stimmten mit Hitze ihm bei, und schwuren, dass wir des Feuers schuldig wären!

Ich zitterte bei diesen Worten am ganzen Leibe, und wenig hatte gefehlt, dass ich umgesunken wäre. Ich sah uns alle schon in den helllichten Flammen, als der Hochgewaltige anhub: »Es ist billig meine Herren! dass wir diese Fremdlinge hören, ehe wir sie verdammen.« Er gebot uns hierauf zu sagen, wer und woher wir wären, wie und warum wir hieher kämen?

Ich bekam dadurch wieder etwas Mut, und begann meine Rede, worin ich ihm sagte: dass wir angesehene Männer von gutem Stande aus einem fremden Planeten wären, den man Erde hieße, dass wir die Ersten auf unserer Welt die Erfindung gemacht, und ins Werk gesetzt hätten, in fremde Planeten zu reisen; ich gab ihm, so viel möglich, Begriffe von dieser Erfindung, und sagte, dass die Begierde, Entdeckungen zu machen, neue nützliche Kenntnisse für uns, unser Vaterland, und unsere Nachkommen zu sammeln, uns veranlasst hätte, von dieser Erfindung Gebrauch zu machen. Ich kam nun auf den streitigen Punkt, und erzählte ihm, wie uns der Priester gesagt habe: dass Leute seines Standes Gott vom Himmel herab zu beschwören Macht haben, dass sie Gott selbst ihrem Gotte opfern, und – ihn essen, ohne dass er sich ihnen auf irgend eine Art zeigt; dass er der Sohn einer Weibsperson sei, die mit ihm, ohne Zutun eines Mannes, durch himmlische Kraft schwanger geworden; dass er darum auf diese Weise in die Welt gekommen sei, um seinen himmlischen Vater – der doch mit dem Sohne eins wäre – mit dem unschuldigen Menschengeschlechte hienieden, für die Sünde des Stammvaters auszusöhnen; dass der himmlische Vater sich nicht anders habe wollen besänftigen lassen, als dadurch, dass sein Sohn den grausamsten Tod für dieses Geschlecht starb; und dem ohngeachtet sei noch der Zorn des väterlichen Gottes so groß, dass auch dieser Tod das unschuldige Menschengeschlecht nicht retten würde, wofern nicht jedem nach seiner Geburt der Kopf, unter gewissen Zeremonien, mit Wasser abgewaschen würde; dass wir dies alles für unwahr und der Gottheit für nachteilig, für gotteslästerlich gehalten und erklärt hätten; dass wir viel zu hohe, ehrerbietige Begriffe von Gott hätten, um zuzugeben, dass er solch eines boshaften Eigensinns und solcher Rache, wofür wir's in unserer Unwissenheit gehalten hätten, gegen ein ganzes unschuldiges Geschlecht und gegen seinen eigenen Sohn fähig sein könne; dass wir aber sehr gerne bereit wären, unsere Meinung zurück zu nehmen, wenn dies, was uns der Priester gesagt, *wirklich wahr sei*; dass wir uns nicht für verbunden gehalten hätten, Dinge, die bei uns so ganz der Vernunft gerade entgegen liefen, auf das Zeugnis eines andern zu glauben; dass man uns übrigens unsre Unwissenheit, die dabei sei, als Fremden zugutehalten müsse; dass wir nie so etwas würden gesagt haben, wenn wir von der Wahrheit des Gegensatzes wären genugsam belehrt gewesen; weswegen ich den Hochgewaltigen und die Priester sehr beweglich um Vergebung bat. –

Itzt entstand unter den Pfaffen ein lautes Gemurmel, mit zürnenden Blicken auf uns begleitet. Aber der Hochgewaltige nahm das Wort, und sagte: »Diese Fremden sind unschuldig! Was sie gesagt haben, sagten sie aus Unwissenheit, und der Unwissende kann nicht sündigen. Ihr seid frei – fuhr er zu uns fort – aber hütet Euch, das Geringste von den Gegenständen unserer Religion ferner zu berühren.«

Wie süß klang dies unsern Ohren! Aber der Fürst hatte es nicht sobald gesprochen, als alle Pfaffen zugleich auffuhren. Sie riefen ihren Gott zum Rächer unserer Freveltaten, fluchten uns, und drohten die schröcklichsten Strafen Gottes dem Lande und dem Fürsten, der solche Bösewichte, wie wir, schütze. Und in dem Augenblicke verließen sie alle den Saal, liefen unter das versammelte Volk, streuten die Funken des Aufruhrs unter sie, und feuerten sie an, ihrem Gott und der heil. Religion an uns ein Opfer zu bringen, wenn sie nicht wollten, dass Gott das ganze Land züchtige, worin solche Gottlosigkeit ungestraft verübt werden könne.

Sogleich brannte unter dem schon gärenden Volke die helle Flamme des Aufruhrs. Mit wildem fürchterlichem Geschrei forderten sie, dass uns der Fürst ihrer Rache überliefern sollte. Dieser hatte nicht sobald den Lärmen gehört, als er uns sogleich einige sicher gelegene Zimmer in seinem Schlosse zu unserm Aufenthalt anzuweisen befahl, wo wir indes unserer Gemächlichkeit pflegen, und mit allen Bedürfnissen sollten versehen werden. »Es ist eine Art von Vergütung«, setzte dieser vortreffliche Fürst hinzu: »die ich Ihnen für das in meinem Lande erlittene Unrecht und für Ihre große, rühmliche Erfindung schuldig zu sein glaube. Ich hoffe, dass Sie mir die Gelegenheit sobald nicht entziehen werden, Ihnen zu zeigen, dass ich auch fremdes Verdienst zu schützen wisse.« Zugleich gab er einem seiner Hofschranzen Ordre, dass er die wahre Beschaffenheit der Sache dem Volke kund tun, und, wenn sich dasselbe nicht beruhigen würde, die Häupter des Aufruhrs ergreifen, und in die tiefsten Gefängnisse werfen lassen sollte. »Wollte Gott!«, setzte er hinzu: »dies wäre der schlimmste und gefährlichste Handel, den mir meine Pfaffen in meinem Lande angerichtet haben.« Wir beurlaubten uns mit gerührtem Herzen, und mit den Ausdrücken der innigsten Dankbarkeit und Verehrung, indem wir zugleich baten, dass er doch auch für die Sicherheit unseres Luftschiffes und unserer Ruderknechte Maßregeln treffen möge, welches er uns auf die liebreichste Weise versicherte, und nachher auch hielt.

Wir wurden indes in unsern Zimmern auf das Prächtigste und Beste bewirtet. Der Wohlgeschmack der Speisen und die Köstlichkeit des Getränkes, womit wir bedient wurden, ist allem weit vorzuziehen[2], was ich auf Erden je genossen habe. Wir ließen's uns den Rest des Tages hindurch so wohl schmecken, dass wir der Gefahr, die uns drohte, gänzlich vergaßen. Der Fürst ließ uns auch, zu unserer Beruhigung, sagen, dass wir nichts mehr fürchten mögen, und dass das Ungewitter sich bereits völlig vorbei gezogen habe. –

Ich sollte hier vielleicht Zimmer und Betten und jedes einzelne Stück von Möbeln und Moden und Putz beschreiben, und den Unterschied und die Ähnlichkeit

---

2   Man erinnere sich, dass ein Mann spricht, der seine ganze Lebenszeit entweder auf dem Meere, oder in einem entfernten, wenig kultivierten Weltteile, außer dem Umgange mit den verfeinerten Menschen, zugebracht hat; der zwar ein gutes Herz, einen hellen Kopf und viele Liebe zu den Wissenschaften hat, aber bei all dem roher Naturmensch ist, wie seine Herren Reisegefährten. Wäre der Mann in Frankreich gewesen, hätte ihre Ragouts, ihre Frikassees, ihre Saucen etc. gekostet, er würde diese Sprache gewiss nicht führen. Das ließen sich unsere französischen Köche nicht nachsagen.   A. d. V.

von dem und jenem, zwischen diesem und unserm Planeten anführen; allein da ich nicht für unsere üppigen, modernen Drahtpüppchen, weder männlichen noch weiblichen Geschlechts, sondern für Denker schreibe, und mir all dies Zeug von Herzen zuwider ist; so wird man hier dergleichen vergebens suchen; und sollte nun auch gleich ein solcher, oder eine solche, die hier so was zu finden glaubten, mein Büchlein voll Verdruss aus den Händen werfen, und schnarren: »Voilà, qui manque de bon sens!« –

Doch zur Sache zurücke. Des andern Morgens kam ein Bedienter, der uns im Namen des Hochgewaltigen zur Mittagstafel lud. Wir erschienen, und trafen daselbst eine große Gesellschaft von Adel, die teils von Neugierde aus der Gegend herbei geführt, teils von dem Hochgewaltigen gebeten worden waren. Die Tafel war niedlich und mit Geschmack, aber nicht üppig, noch überflüssig bestellt. Das Sonderbarste dabei schien uns, dass die Gerichte nicht aufgetragen wurden, sondern, dass die Tafel – nach dasiger Gewohnheit – mit allen Gerichten zumal durch Federkraft sich aus dem Boden hob, und ebenso wieder versank, indem die zweite Tracht empor stieg, usw. Man war dadurch von der oft lästigen Gegenwart der Bedienten befreit, die selten ab und zu gingen. Die schönste Zierde der Tafel war eine gesegnete, liebenswürdige Familie – zehn Kinder, Söhne und Töchter, alle blühend und schön und eine ebenso schöne, vortreffliche Mutter!

Die ganze Gesellschaft behandelte uns wie ihresgleichen, und als ob wir schon lange unter ihnen wären, und

ihnen angehörten. Jene frostige Steifigkeit, die an euro-
päischen Höfen herrscht, schien hier gar nicht bekannt
zu sein. Selbst die Bedienten wurden nicht, nach euro-
päischer Sitte, wie die abgerichteten Hunde exerziert.
Man sprach zu ihnen mit Güte und Sanftmut; sie sprachen selbst mit in die Gespräche der Gesellschaft, und
was man von ihnen verlangte, geschah mehr im bitten-
den Tone, als im barschen befehlenden Tone der Europäer. Ich musste viel von unseren Sitten und unsern
Gewohnheiten erzählen, und sie belustigten sich nicht
wenig über unsere sogenannte Hofetikette und die steife
Feierlichkeit unserer Höfe.

Als wir von der Tafel aufgestanden waren, und sich
die Gäste bereits entfernt hatten, bezeugten wir dem
Fürsten unsern Dank für seine Gastfreiheit, und sagten,
dass wir es für Missbrauch seiner Gnade hielten, länger
zu bleiben, und dass wir uns etwas weiter auf dem Planeten umsehen wollten. »Daraus wird so geschwinde
noch nichts«, fiel er ein: »Ich hoffe doch – fuhr er
lächelnd fort – dass meine Pfaffen Ihnen nicht werden
so bange gemacht haben, dass Sie nicht länger in meinem Lande bleiben wollen? Vergessen Sie das Vergan-
gene. Ich selbst muss mir von dieser Rasse von Menschen in meinem Lande sehr vieles gefallen lassen. Sein
Sie versichert, dass ich außerdem die grausame Gewalt,
die man an Ihnen verübt hat, gewiss scharf würde
bestraft haben. Ich bin Fürst, aber diese Menschen
haben mehr Gewalt über meine Untertanen, als ich. Sie
schleichen überall in den Häusern umher, wissen die
Herzen durch den Schein von Religion und Frömmig-

keit, Demut und Sanftmut zu gewinnen, und niemand hat weniger Religion und Frömmigkeit, weniger Demut und Sanftmut, als sie. Sie lehren das Volk die Verachtung der Güter hienieden; machen es glauben, dass das Gebet allein Segen und Fülle bringe, und eignen sich besondere Kraft im Beten zu. Gott stellen sie als einen eigensinnigen Tyrannen dar, der mit *ewigen* grausamen Martern für *zeitliche* Vergehen strafe, und den sie allein zu zähmen Macht haben; geben vor, dass sie die Gewalt besitzen, dem Menschen seine Sünden zu erlassen, und versprechen ihm den Himmel, oder drohen ihm mit der Hölle, wies ihr Vorteil fordert. Sie lehren das Volk allerlei Aberglauben, und schreiben sich die Macht zu, allerlei Übel durch übernatürliche Gewalt zu vertreiben. Für all ihre Betrügereien wissen sie Stellen aus einem Buche anzuführen, das sie für ein göttliches, untrügliches Buch ausgeben, und das sie alleine auszulegen, sich die Macht von Gott anmaßen. Das arme, getäuschte Volk setzt daher sein ganzes Zutrauen in sie; streitet mit Blut und Leben für ihr Ansehen und ihre Lehren; glaubt, alles durch die Gebete der Pfaffen zu erhalten, und gibt ihnen gerne den letzten Heller, damit sie dafür beten, und diesem oder jenem Übel durch ihre übernatürliche Gewalt abhelfen mögen; denn Sie müssen wissen, meine Herren! dass diese Leute sich für ihr Gebet reichlich bezahlen lassen, und *um Geld* ihren Gott am Altare opfern und essen. So geschieht's dann, dass das Volk äußerst dumm und arm ist, während diese Betrüger von ehrwürdigem Ansehen, in Reichtum und Üppigkeit schwelgen, sich wie Ungeziefer vermehren,

und die Güter meines Landes im Müßiggange verzehren. Und wehe dem Manne, der ihre Betrügereien
aufdecken wollte! Sie nennen ihn einen Ketzer, einen
Ungläubigen, einen Gottesleugner; denn sie verwe-
ben ihr Ansehn stets mit dem Ansehn Gottes und der
Religion, und wissen ihn durch ihren ausgebreiteten
Einfluss beim Volke überall so anzuschwärzen, dass er
bald der Gegenstand des alle gemeinen Hasses und der
Verfolgung wird, und nicht selten auf dem Eschaffote,
oder im Kerker sein Leben endigt. Vom letztern hätten
sie bald selbst eine leidige Probe abgegeben.«

Kalter Schauer überlief mich, während dieser Schil-
derung, am ganzen Leibe, und mein Vorhaben ward
dadurch nur befestigt, dies Land bald zu verlassen. Ich
erklärte meinen Vorsatz dem Hochgewaltigen unter dem
Vorwande: dass wir nicht lange von Hause sein könnten.
Wenn Eure Hochgewalt – setzt' ich hinzu – uns noch
eine Gnade erzeigen wollen, so bitten wir, dass Sie uns
an andere Höfe Empfehlungsschreiben mitgeben möge.
»Nun!« – sagte der Fürst, mit einem Blick und einem
Tone, der die ganze Güte seines Herzens ausdrückte –
»wenn Sie mich dann durchaus schon verlassen wollen;
so rate ich Ihnen nach Momoly zu reisen; es ist der merkwürdigste Teil unserer Welt – und Sie werden auf dieser Reise noch ein Paar Königreiche, Plumplatsko und
Biribi sehen, durch die Sie Ihr Weg führt, und wohin ich
Ihnen Empfehlungen mitgeben werde. Aber«, fuhr er
fort, »wie denken Sie Ihre Reise zu machen? Wenn Sie
in Ihrem Luftschiffe fahren, könnten Sie leicht die Orte
verfehlen, wo Sie sich niederlassen sollen.«

Nun hatte man, außer der oben beschriebenen Art zu reisen, noch eine andere, die darin bestand, dass man in einer Gattung von besonders dazu gebauten Kästen, worin ihrer mehrere sitzen konnten, von einem Paare der oben gemeldten Tiere getragen ward. Wir beschlossen daher mit unserem Luftschiffe so weit zu fahren, als es uns beliebig sein würde, das Schiff, unter der gewöhnlichen Aufsicht unserer Ruderknechte, dort zurück zu lassen, und unsere Reise auf obige Art zu Lande fortzusetzen. »Den morgenden Tag aber«, sagte der liebenswürdige Fürst, »müssen Sie mir noch schenken«, und wir bewilligten es mit Vergnügen.

Unter diesen und dergleichen Gesprächen, die alle von dem sanften, edlen Herzen und dem hellen Kopfe dieses vortrefflichen Fürsten zeugten, verging uns der Tag und der Abend so angenehm, als ich mich nicht erinnern kann, einen in meinem Leben zugebracht zu haben. O! es ist so was Großes, Herzerhebendes, eine fürstliche Seele sich öffnen zu sehen, die die wahre Würde und den wahren Adel eines Fürsten in sich trägt!

Des folgenden Tages ging der Fürst und seine Familie selbst mit uns an unser Schiff, um es in Augenschein zu nehmen, und erstaunten nicht wenig über die sonderbare Maschine und ihre Einrichtung. Sie freuten sich gar sehr darauf, es den künftigen Tag bei unserer Abreise aufsteigen zu sehen. Der Fürst und seine Söhne bezeugten sogar Lust, selbst mit aufzufahren, das aber die Fürstin dringend und beängstigt verbat.

Denselbigen Mittag speisten wir wieder an der Tafel des Fürsten. Als wir kaum abgegessen hatten, beklagte sich der Fürst über außerordentliche Üblichkeit und schneidende Schmerzen im Unterleibe. Es dauerte nicht lange, als ich und meine drei Reisegefährten – die Ruderknechte waren bei den Bedienten versorgt worden – das Nämliche, obschon minder empfanden. Die Schmerzen des Fürsten nahmen so plötzlich überhand, dass er aufs Bette gebracht werden musste. Kaum lag er auf demselben, als er schon in starke Konvulsionen verfiel, die immer mehr und mehr zunahmen, und uns äußerst bange für sein Leben machten. Wir vergaßen beinahe unserer eigenen Schmerzen über die seinigen und über den erschütternden Anblick, wie Mutter und Kinder um das Bette standen, und weinten und jammerten! –

Der Arzt wurde indes herbei geholt, und erklärte, dass wir – Gift hätten! Die Fürstin fiel bei diesen Worten sinnlos in einen Armstuhl – die Kinder rangen die Hände, und heulten. – –

Es war ein Anblick, der Steine hätte bewegen können. Nur der Fürst war gelassen. Er befahl vor allem, seiner Gemahlin zu Hülfe zu eilen, und sprach seinen Kindern Mut und Trost zu. »Ich weiß, woher der Streich kömmt:« sagte er. Diese Worte und das, was er uns gestern von der Bosheit der Pfaffen gesagt hatte, waren für uns Blitze durch die Nacht, und der Gedanke, dass wir die wiewohl unschuldige Ursache von dem Unglück des Fürsten seien, quälte uns mehr, als alle Schmerzen.

Die Fürstin kam bald wieder zu sich, und der Arzt gab dem Fürsten Gegengift, wie er's nannte, wir aber nahmen von den Mitteln, die wir unter unserem einfachen Arzneivorrate bei uns hatten, tranken brav warm Wasser nebenbei, und begaben uns, weil uns sehr übel war, zur Ruhe. Bald darauf mussten wir uns schröcklich erbrechen. Dies dauerte ohngefähr eine Stunde in einem fort, worauf wir uns ziemlich erleichtert, aber zugleich sehr entkräftet fühlten, weswegen wir einige Magenstärkungen nahmen, die uns bald wieder neue Kräfte gaben. Wir erkundigten uns nach dem Fürsten. Aber zu unserem größten Schrecken erfuhren wir, dass es mit ihm beständig schlimmer werde, und alle Rettung wahrscheinlich verloren sei. Die Ursache der verschiedenen Wirkungen, die das Gift auf den Körper des Fürsten und den unsrigen machte, war, nebst der Quacksalberei des Arztes, vielleicht auch das verschiedene Verhältnis, worin unsere Natur mit der Natur dieses Planeten stand.

Da wir uns außer Gefahr und wieder stark genug fanden, gingen wir selbst, den Fürsten zu besuchen. Er erkannte uns kaum noch, dann reichte er uns die Hand: »Ich bestätige durch mein Ende«, sagte er, »die Wahrheit dessen, was ich Ihnen gestern von unsern Pfaffen sagte – ich bin nicht der Einzige, der von ihnen hingerichtet worden ist. Gottlob nur! dass Sie der Gefahr entgangen sind. Lassen Sie sich das Beispiel zur Warnung dienen, und sein Sie vorsichtig gegen diese heiligen Bösewichte.«

Wir waren allein: als er dies sprach. Die Fürstin und die Kinder hatten sich in ihre Gemächer zurückgezogen, um ihren unbändigen Schmerzen freien Lauf zu lassen. Der älteste Prinz allein war zugegen. »Versprich mir«, sprach der Fürst zu ihm: »meinen Tod an niemanden zu rächen, noch zuzugeben, dass man ihn räche, und gib mir deine Hand darauf.« Der Sohn stürzte sprachlos zu den Füßen seines Vaters, ergriff dessen Hände und vergoss Ströme von Tränen. »Meine Briefe«, fuhr er zu uns fort, »liegen für Sie an meine Freunde fertig in meinem Kabinette. Bringen Sie ihnen zugleich das letzte Lebewohl ihres sterbenden Freundes. Leben Sie wohl, und erinnern Sie sich auch noch auf Ihrem Planeten eines unglücklichen Fürsten hieroben, der ein besseres Schicksal verdient hätte.«

Wir konnten vor Schmerzen nicht sprechen, küssten ihm die Hände und weinten. Ich versuchte einige Worte von Dank und Verehrung zu stammeln, aber sie erstickten mir in der Kehle. Der Fürst sah unsere Liebe zu ihm, und unsern innigen wahren Schmerz; er drückte uns die Hände – »Gottlob!«, sagte er, »dass ich noch vor meinem Ende Freunde fand. Die Fürsten unserer Welt haben keine Freunde!« –

Er hatte es kaum ausgesagt, als sein Mundschenk wild hereinstürzte, und sich vor ihm auf die Knie warf. »Verzeihung! Verzeihung! Fürst! Vater! Verzeihung dem Mörder – und dann Strafe – die grausamste Strafe – aber Verzeihung!« So rief er schluchzend, und streckte bittend seine Hände empor. »Wem dann?«, fragte der Fürst. »Mir! mir! ich bin der Verruchte, der Bösewicht, der Giftmischer! Wehe mir! die Pfaffen haben mich betrogen, haben mir gesagt, dass ich eine gute Tat tue, haben mir Nachlassung all meiner Sünden[3] und die

---

3   Wem dies übertrieben scheint, der darf nur die Geschichte der Königs-
     mörder auf unserm eignen Planeten sich erzählen lassen, die die man sogar

ewige Seligkeit dafür versprochen, haben mir mit der Hölle gedroht, wenn ich's nicht täte – Weh mir! ich fühle, dass ich Böses getan habe – die Hölle brennt mich schon in meinem Busen!« –

Der ohnehin schon äußerst schwache Fürst ward dadurch heftig angegriffen. »Unglücklicher!«, sprach er matt, »geh, lauf aus meinem Lande, sonst wird man dich ergreifen, und dich ums Leben bringen; und was würde es mich helfen, wenn nebst mir noch ein Mensch umkommen sollte.« Er nahm hierauf Geld, und gab's ihm mit den Worten. »Mach, dass du fortkömmst.«

Der unglückliche raufte sich die Haare aus; »Nein«, rief er: »sterben, sterben will ich den grausamsten Tod, ich Bösewicht! O! ich habe den besten Fürsten gemordet! unsern Freund! unsern Vater! und er – verzeiht mir, beschenkt mich!« Ein Schluchzen erstickte seine Sprache; er krümmte sich an der Erde, wie ein Wurm, und raufte Hände voll Haare aus seinem Kopfe. Man musste ihn wegbringen. Die schreckliche Szene wirkte zu heftig auf das gute Herz des ganz entkräfteten Fürsten.

Er verlor itzt alle Sprache; die Konvulsionen wurden stärker; die Augen brachen ihm; er streckte nochmal seine Hand aus, als wollte er noch den letzten Abschied nehmen, und – verschied!

Ich vermag es nicht, den Jammer der Fürstin und der Kinder zu schildern. Das Herz blutete uns. Wir konnten itzt nicht genug eilen, aus diesem Lande weg zu kom-

---

auch auf dieser abscheulichen Tat in der Kirche einsegnete, und ihnen das

h. Abendmal zur Stärkung ihrer Seele reichte.　A. d. Verl.

men, wo wir unser Leben und unsere Freiheit keinen Augenblick mehr sicher glaubten.

Ganz in Geheim ließen wir demnach noch vor Tages Anbruch die Anstalten zu unserer Abreise machen, steckten unsere Empfehlungsbriefe zu uns, und nachdem wir uns mit Tränen der Wehmut von der fürstlichen Familie – die uns reichlich beschenkte – beurlaubt, und dem Toten, ewig lebenswürdigen Fürsten die Hände geküsst hatten, gingen wir mit anbrechendem Tageslicht zu Schiffe, stiegen in die Höhe, und entflogen glücklich aus diesen grauenvollen Gegenden, wo die Priester ihren Gott fressen, und ihre Fürsten morden!! – – –

Wir hatten uns vorsichtiger Weise erkundigt, nach welcher Himmelsgegend wir los zu steuern hätten, und folgten genau dieser Route. Als wir ohngefähr einen halben Tag, mit ziemlich günstigem Winde, in der Luft gefahren waren, sahen wir eine große Stadt unter uns liegen. Wir ließen uns ohngefähr eine halbe teutsche Meile von derselben nieder, und gingen zu Fuße dahin.

Gleich am Eingange der Stadt wurden wir von einem Manne, der dreierlei Farben an seinem Rocke trug, angehalten, und gefragt: woher wir kämen, und ob wir Pässe hätten. Als wir das letzte mit Nein beantworteten, fragte er weiter: wer wir wären. Erdenbürger, sagten wir. »Wo liegt dies Land?«, fuhr er fort. Es liegt in einer andern Welt, antworteten wir, die man Erde heißt. »Ich will Euch Euren *Gspaß* vertreiben«, schrie der Mensch mit dreierlei Farben. »Wache raus!« In dem Augenblick erschienen mehrere seines Gleichen, alle bewaffnet, und umringten uns. »In Arrest mit den Kerls«, rief er, »bis auf weitere Ordre! es sind verdächtige *Schliffl* (Halunken).«

Man führte uns demnach, unter dem Zusammenlaufe vieler Menschen, in ein großes Gebäude, wo uns ein Mann empfing, der uns zugleich ein finsteres Loch zu unserer Wohnung anwies. Ehe er uns aber verließ, durchsuchte er jedem seine Taschen, und nahm uns all unsere Papiere, worunter auch unsere Empfehlungsbriefe waren. Er sah sie an. »Was?«, rief er, »die Kerls haben gar Briefe an unsern Hochgewaltigen bei sich.« Wir erkundigten uns hierauf, wo wir dann wären, und erfuhren, in *Wirra*, der Hauptstadt vom Königreiche Plumplatsko, welches eben diejenige war, wohin wir Empfehlungen hatten.

Man nahm indes unsere Briefe mit fort, und schloss uns hier ein. »Verflucht und verdammt«, schrie ich, »sei die Reise in den *Mars*! Zu *Papaguan* fielen wir unter die Hände der Pfaffen – hier sind wir wahrscheinlich unter die Hände der Soldaten gefallen. Gott mag wissen, welches schlimmer ist! Beide Stände scheinen hier eine Art von Despotismus auszuüben.«

Eine ganze Nacht hatten wir nun wieder fast ebenso übel, als jene in *Papaguan* zubringen müssen; als wir des anderen Morgens abgeholt, und in ein besonderes Zimmer des Gebäudes geführt wurden, wo einige Offiziere zugegen waren, die uns andeuteten, dass wir, als verdächtige Leute, die keine Pässe bei sich hätten, entweder Kriegsdienste nehmen, oder fünfzig Stockschläge jeder auf öffentlicher Schandbühne bekommen sollten. Vergebens beriefen wir uns auf unsere Empfehlungen. Man hieß uns schweigen, und drohte uns mit Stockprügeln, wofern wir noch ein Wort sprechen würden[4].

Hiermit ließ man uns wieder in unseren Arrest zurückführen, indem man uns andeutete: dass morgen der Tag wäre, wo wir unsere Strafe erhalten würden, wenn wir nicht indes Dienste nähmen.

Bei unserer Zurückkunft ersuchten wir, um unsere Leiden zu vergessen, den Gefangenwärter, dass er uns einiges Getränk für unsere Bezahlung holen möge, die wir ihm, nebst einem kleinen Geschenke, reichten. Er tat es, und bracht uns ein paar große Kannen voll köstlichen Trankes. Wir boten ihm ebenfalls davon zu trinken an. Er ließ sich's nicht zweimal sagen, und ward dadurch etwas zutraulich.

Ich merkte es, und fing an, ihm unser hartes Los zu klagen. »Ja!«, sagt er, »unser Herr braucht halt Leute.« Und nun erzählt er uns, dass sie in einen sehr blutigen Krieg verwickelt wären, der sie bereits schröcklich ausgezehrt habe, und der doch ihr Land im Grunde gar nichts anginge; denn eine fremde Königin habe ihn mit einem fremden König angezettelt, und ihr Hochgewaltiger habe sich drein gemischt, weil er die fremde Königin liebte, und sich zugleich seine Riemen aus der Haut des Feindes zu schneiden dachte; denn er sei eben so schwach gegen die Weiber, als habsüchtig – Aber die Sache ging schief, und er hatte noch dazu das Heer seiner geliebten Bundesgenossin zu unterhalten oben drein – denn die Leute waren kaum bedeckt, und es mangelte

---

4   »C'est tout comme chés Nous.«

33

an Proviant und allem, und die Kerls starben zu Haufen, wie das Vieh, von Kälte und Hunger. Da sucht man dann Geld und Leute zu kriegen, wie und woher man kann. Kein Reisender ist sicher. Den Einwohnern des Landes reißt man ihre Kinder aus den Armen, und sie müssen noch neue schwere Auflagen bezahlen obendrein, unter denen sie fast erliegen. –

Wir hatten ihm indes mit dem Trunke immer mehr zugesetzt, und als wir seine Unzufriedenheit merkten, priesen wir dagegen unser Vaterland, sagten ihm viel von der Macht, dem Ansehn und den Reichtümern, die wir darin besäßen; von der Erfindung, die wir gemacht hätten, in der Luft zu fahren, und von dem Luftschiffe, das wir bei uns hätten. Er wollte es kaum glauben, so staunte er darüber; und bezeigte endlich sein Verlangen, auch so in der Luft zu fahren. Dies könne er, sagten wir ihm, wenn er mit uns reisen wolle; und wir schwuren ihm, in unserm Vaterlande ihn zu einem reichen, angesehenen Mann zu machen. Er schien darüber außer sich vor Freuden, und kurz, wir wurden einig, sobald es Nacht wäre, miteinander zu entfliehen.

Indes ließen wir noch ein Paar Kannen füllen, und tranken tapfer drauf los, während wir die Einbildung unseres neugeworbenen Reisegefährten mit Träumen seines künftigen Glückes beschäftigten. So rückte die Nacht heran. Der Gefangenwärter brachte uns andere Kleidung, die wir, um unerkannt zu sein, über die unserige zogen; und so schlich er mit uns aus dem Hause, und führte uns durch Abwege glücklich zum Tore hinaus.

Nun eilten wir blitzschnell auf unser Luftschiff zu, fanden es mit unsern Ruderknechten, gottlob! noch wohlbehalten an seinem Orte; trieben es in die Höhe, und fuhren damit glücklich über alle Berge. So entkamen wir mit heiler Haut den fünfzig Stockschlägen, und waren schon in einem andern Königreiche, als man zu Wirra in Plumplatsko die fürchterlichen Zubereitungen machte, unsere Hintern zu bewillkommnen.

Swirlu – so hieß unser neuer Reisegefährte – konnte sich gar nicht von seinem Erstaunen erholen; und er würde vor Freuden über diese Luftfahrt toll geworden sein, wenn diese Freude nicht durch die Furcht von Zeit zu Zeit wäre gemäßiget worden. Als wir ihm sagten, dass wir nach der Hauptstadt *Sepolis* im Königreiche *Biribi* wollten, um von da nach *Momoly* zu kommen, so riet er uns, dort gar nicht niederzusteigen, sondern oben drüber weg zu segeln; weil wir in diesem Lande – wo der Willkürdespotismus ebenso wohl, als in *Plumplatsko* zu Hause sei – gar leicht in eben dieselben Verdrüßlichkeiten geraten könnten, besonders da wir nun keine Empfehlungen mehr hätten. »In Momoly«, sagt er, »hat es keine Not, das ist ein gar besonderes Land; da ist ein Mensch wie der andere. Sie werden ohnehin nicht viel verlieren«, setzte er hinzu, »wenn Sie in der Höhe von *Biribi* bleiben. Das Land ist entnervt, wie das unsrige; der itzige Regent ist ein Schwachkopf, wie der unsrige; der aber noch überdies von Pfaffen gegängelt wird. Erst kürzlich hat er es wieder durch ein öffentliches Edikt bewiesen, das allen gesunden Menschensinn zu ersticken sucht, und puren Pfaffenunsinn schwatzt. Er sucht, wie Schwachköpfe pflegen, den Stein der Weisen; verliert aber, indem er ihn sucht, vollends den kleinen Rest seiner Vernunft, und hat immer einige Adepten um sich, die ihn durch ihre Betrügereien um große Summen prellen. Ein Glück für das Land ist es noch, dass ein fremder Fürst und ein Paar Minister, die Kopf und Herz besitzen, manchmal die Mentors dieses Schwachkopfes machen, und sich einmischen, wenn die Sache zu ernsthaft wird.«

Wir befolgten diesen guten Rat, und steuerten gerade auf die Himmelsgegend von Momoly los; indem wir uns nur so hoch erhoben, dass wir mit unseren Sehrohren die unteren Gegenden und die Städte beobachten konnten. Und da *Swirlu* schon einmal in Momoly gewesen war, und das Land und die Hauptstadt desselben wohl kannte; so liefen wir umso weniger Gefahr, dasselbe zu verfehlen.

Wir waren itzt, nach *Swirlu's* Zeugnisse, ohngefähr noch 200 Meilen von *Whashangau*, der Hauptstadt von *Momoly* entfernt. Wind und Wetter aber waren so günstig, dass wir in einem Tage, der hier etwas kürzer, als bei uns ist, den weiten Weg glücklich vollendet hatten.

Um dem Zusammenlaufe des Volks nicht ausgesetzt zu sein, senkten wir uns abermal eine gute Strecke weit vor der Stadt herab, ließen die Ruderknechte beim Schiff zurück, und gingen nach der Stadt.

Hier war weder Tor noch Wache; kein Mensch mit dreierlei Farben fragte uns, wer wir wären, noch ob wir Pässe hätten; und was noch weit sonderbarer war: alle Menschen gingen im bloßen Gewande der Natur, womit sie Gott gekleidet hatte. Ihre Wohnungen waren kleine niedrige Hüttchen, ohne Kunst und Pracht.

Aber wie erstaunten wir erst, als wir auf offener Straße vor den Augen vieler Menschen, Bursche und Mädchen sahen, die sich hier öffentlich begatteten! Um der Ehrbarkeit meines Sohnes zu schonen, wollt' ich über Hals und Kopf eine Seitengasse einschlagen, allein es war so nahe keine; wir mussten an dem Specktakel vorbei, woran sich die Akteurs ihrerseits gar nicht stören ließen, und die Vorbeigehenden nicht den geringsten Anstoß zu finden schienen.

Ich ärgerte mich nicht wenig über dies Verderbnis der Sitten, wofür ich es hielt, und wollte eben die beiden Sünder auseinander jagen, als mich *Swirlu* mit einem unbändigen Gelächter bei der Hand fasste: »Was wollen Sie machen?«, sagte er, »denken Sie doch, dass wir in *Momoly* sind. Das, was Sie sehen, ist hier ebenso wenig unerlaubt, als bei uns das Wasser lassen; und Sie werden es hier noch so gewohnt werden, dass Sie ebenso gleichgültig daran vorübergehen, als die Leute, die Sie sahen.«

Ich verbiss meinen Unwillen, und um nicht auf eine zweite Szene dieser Art zu stoßen, fragt' ich ihn um einen Gasthof. Er fing noch mehr an zu lachen. »Dies sind lauter Gasthöfe«, sagte er, »Sie haben hier nur zu wählen; eines jeden Haus steht hier dem andern offen; und wo Sie nur eintreten, werden sie willkomm sein. Was aber dabei das Bequemste ist – die Bewirtung kostet nichts! Man weiß hier gar nichts vom Geld. Es lebe Whashangau! und die Momolyten! das heiß ich mir ein Land, das sich gewaschen hat!«

Mit diesen Worten lief er auf ein blühendes, vollwüchsiges Mädchen zu, das er auf gut momolytisch salutieren wollte, die ihn aber mit einer derben Ohrfeige abfertigte, welches mir mit der Sitte dieses Volks einigen Kontrast zu machen schien.

Wir sahen uns nunmehr nach der ansehnlichsten Wohnung um, die in unserem Gesichtskreise lag, und traten daselbst ein. Ein alter Mann, mit ehrwürdig grauem Haupte, reichte uns treuherzig die Hand, und bot uns freundlichen Willkomm. Aber was wir sahen, war reinlich und in seiner Art schön. Nirgends zeigte sich Luxus oder Reichtum; überall Einfalt und Wohlbehaglichkeit. Wir fragten durch Swirlu – der uns hier bei jeder Gelegenheit zum Dolmetscher diente, weil er die Landessprache konnte – ob wir auf einige Tage Herberge haben könnten, und mit freundlichem Lächeln antwortete der Greis: »Herzlich gerne!« Sogleich ließ er Früchte und Milch aufsetzen, die zwar aus einer andern Art von Tieren, als bei uns gemolken wird; aber nicht weniger kräftig und noch wohlschmeckender als jene ist.

Er erkundigte sich itzt, woher wir dann kämen, weil unsere Tracht Fremde zu verkündigen schien. Wir sagten's ihm, und erzählten ihm unsere wunderbare Reise und alles. Der Mann war ebenso erstaunt über unsere Erzählung, als erfreut, dass er solche Gäste zu beherbergen habe. Er konnte nicht satt werden, uns zuzuhören, und wir mussten ihm versprechen, ihn des andern Tages zu unserm Luftschiffe zu führen, und ihm alles daran genauer zu erklären.

Wir hatten unvermerkt ziemlich tief in die Nacht geplaudert, als wir endlich unserm liebreichen Wirte, mit freundlichem Händedruck guten Schlaf wünschten, und uns zur Ruhe begaben.

Kaum als des andern Tages die Sonne aufgegangen war, hörten wir auf den Gassen schon eben die Bewegung, die man bei uns erst gegen Mittag zu hören pflegt. Wir sahen hinaus, neugierig, was es wohl gebe: aber wir wurden nichts gewar.

Da uns unser Wirt gehört hatte, so kam er auf unser Zimmer, um uns an unser Versprechen zu erinnern. Er bemerkte, dass wir, allem Anscheine nach, sehr gut geschlafen hätten, weil die Gottheit, seinem Ausdrucke nach, schon eine Stunde lang die Welt beleuchte. Wir fragten, ob man dann alle Tage hier so frühe aufstehe. »Alle Tage, sobald Gott erscheint«; war seine Antwort. »Wir versammeln uns um diese Zeit an gewissen Tagen unter Gottes freiem Himmel auf dem Felde – denn welcher Tempel ist herrlicher und der Gottheit würdiger, als die Natur? – sehen Gott in seiner Majestät zu uns heraufkommen, werfen uns vor ihm aufs Angesicht nieder, und beten ihn an!«

Ihr betet also die Sonne an?, fragten wir.

»Allerdings«, erwiderte der Alte. »Strahlt nicht aus ihr Gottes Güte, Gottes Milde, Gottes allernährende Wohltätigkeit, Gottes Größe, Herrlichkeit und Majestät? Gibt's unverkennbarere, sichtbarlichere Zeichen der Gottheit?? Ich weiß zwar, es sind auf unserer Welt Völker, die sich ihren Gott selber schnitzen, ihm kostbare Steinhaufen errichten, ihr geschnitztes Bildchen darin einsperren, vor ihm hinknien, und es anbeten, wie wir die Sonne – und sich darob weit klüger dünken, als wir. Aber sind wohl solche Torheiten eines Einwurfs wert? Wir lachen darüber, und haben Mitleid mit dem verblendeten Volke, das das Spiel seiner Pfaffen ist, die den Gottesdienst als den wahren, gottgefälligen vorschreiben, der sie am besten nährt. Ihr sollt einmal unserem Gottesdienste mit beiwohnen, um zu sehen, welcher Euch besser erbaut. Ihr dörft aber darum keineswegs die Gebräuche desselben mitmachen, wenn Ihr nicht wollt. Jeder hat bei uns freien Willen, zu glauben, und zu beten, was und wie er will, wenn er nur ein guter Mensch und ein rechtschaffener Bürger ist, der Ruhe und Ordnung nicht störet. Wir würden unsere Religion entehren, und ihre Gründe verdächtig machen, wenn wir jemand durch Zwang nötigen wollten, die Wahrheit derselben zu glauben, und die Gebräuche derselben zu befolgen. Der Glaube muss die Folge von der Überzeugung sein. Ohne Überzeugung glauben müssen, ist tierisch und sklavisch, folglich des vernünftigem freien Menschen unwürdig. Überzeugung aber erhält man nicht durch Zwang und Gesätze; sondern durch den freien Gebrauch unserer Vernunft, dieses edlen Geschenks der Gottheit, das uns allein über andere Tiere erhebt. Sünde ist es demnach bei uns, den Gebrauch der Vernunft im Geringsten einzuschränken.«

Wir fragten: welches dann die Lehrsätze ihrer Religion wären.

»Unsere Religion«, erwiderte der Alte, »hat keine besonderen Lehrsätze. Die Vernunft lehrt uns das Dasein eines Wesens, das wir Gott nennen; sie lehrt uns dies Wesen lieben und verehren, weil wir ihm Dasein und Erhaltung zu danken haben; und fürchten, weil es gerecht ist; sie lehrt uns, was übel und gut sei; lehrt uns jenes vermeiden und dieses tun. Natur und Vernunft sind demnach unsere Gesetztafeln, worin Gott seinen Willen jedem Menschen mit deutlichen Zügen eingrub – und darin besteht unsere ganze Religion.«

Wir erstaunten, so viel reine Simplizität, so viel schlichten Menschensinn unter einem, nach unserer Meinung, so rohen Volke zu finden. Aber ich konnte nicht umhin, ihm den Widerspruch entgegen zu setzen, den die skandalöse Scene vom gestrigen Abend mit seiner ebenerwähnten Gesetztafel, wie ich dafür hielt, machte.

Er lächelte, als ich von der Sache, wie von Laster und Schande, sprach. »Allumstrahlende Gottheit!«, rief er endlich mit Begeisterung, »verzeih Deinen Geschöpfen, die den heiligsten Trieb, den Du in ihren Busen legst, und durch Deinen Einfluss darinnen erhältst, den Trieb der Fortpflanzung für unerlaubt, das Werk der Menschenzeugung für lasterhaft halten können! Ist es dann auch Laster und Schande unter Euch, eine Pflanze zu stecken, ein Feld zu besäen, ein Blumenbett zu begießen?«

Wir verneinten es, weil es leblose Dinge wären.

»Also wäre der Vorzug, den Ihr vor der Pflanze habt, gerade die Ursache, warum Ihr Euch zu schämen hättet? Oder sind etwa Eure Menschen so abscheuliche, böse Geschöpfe, dass es Sünde und Schande ist, derer zu zeugen?«

Wir verneinten es abermal, und fügten hinzu: dass wir die Zeugung des Menschen keineswegs für sündlich hielten, vorausgesetzt nur, dass gewisse Zeremonien vorhergegangen wären, die man die Trauung heiße; dass aber auch dann die Begattung allemal in heimlichster Verborgenheit geschehen müsse.

»Welche Widersprüche!«, versetzte der Alte. »Ist's möglich von vernünftigen Geschöpfen solchen Unsinn zu hören, der überdies durch die Gesätze autorisiert wird? Ist eine Sache sündlich: wie kann sie durch alle Zeremonien der Welt nicht sündlich gemacht werden? Ist sie aber erlaubt: was braucht's der Zeremonien, um sie erst erlaubt zu machen? – Und warum sich einer Handlung schämen, die mit, oder ohne Zeremonien erlaubt ist? warum heimliche Winkel suchen, um sie zu begehen?«

Wir wandten ihm das Sittenverderbnis und die Unordnung ein, die daraus entstehen müssten, wenn man die Sache allgemein erlaubte, und öffentlich verübte. Die Menschen – sagten wir – würden sich dann durch allzufrühzeitigen und unmäßigen Genuss entnerven; die Ehen würden aufhören, und Entvölkerung würde einreißen; niemand würde wissen können, wer Vater eines Kindes sei, und keiner würde eben darum die Vaterpflichten an seinem Kinde erfüllen wollen.

»All diese Folgen«, versetzte der Alte, »liegen nur in Eurer Einbildung, oder in Eurer üblen Staatsverfassung. Wisset! indem Ihr den Genuss zum Laster und zu einer Heimlichkeit macht, reizt Ihr notwendig die Lüsternheit darnach; denn nichts macht lüsterner nach dem Genusse, als Verbotensein; nichts reizt mehr den Vorwitz, als geheimnisvolles Wesen.[5] Warum entnervet sich dann das Vieh nicht durch allzufrühen und unmäßigen Genuss? Gleichwohl ist es noch niemanden eingefallen, dem Viehe Zwang darin anzulegen. Glaubt mir, eben diese Freiheit, eben diese Unheimlichkeit im Genusse, die Euch bei uns befremdet, ist gerade das Mittel, den Missbrauch derselben zu verhindern. Die Leichtigkeit zu genießen, und die Gewohnheit Szenen des Genusses täglich und stündlich zu sehen, macht, dass wir gegen diese Handlung nicht lüsterner als gegen jedes andere Bedürfnis der Natur sind: statt dass die Beschwerlichkeit und die Heimlichkeit, womit man bei Euch zum Genusse gelangt, der Sache, wie jeder andern, notwendig neue Reize gibt, die sie sonst nicht hat. Liebe Freunde! folget der Natur. Sie ist die sicherste Führerin, die gewiss keines ihrer Geschöpfe in sein eigenes Verderben leitet. Aber sie rächt sich dafür, sobald man ihr Bande anlegt, und durch jegliches derselben zieht sie den Menschen in sein Elend. Sie ist ein Strom; man lasse ihm seinen Lauf, und er wird keinen Schaden tun; aber man setze ihm Dämme entgegen, und er wird in wilden

---

5   Man kann über diesen Gegenstand nichts Treffenders, däucht mich, sagen, als was ich ohnlängst in Gustav Wolart S. 79. 80 und 81. las, einem Büchelchen, das sich unter den empfindsamen Schriften unseres Jahrhunderts vorzüglich dadurch erhebt, dass es Denkkraft mit Empfindung vereinigt. Auch die Annalen der Menschheit haben im 2ten Hefte, von den verborgensten Ursachen körperl. Gebrechen, hierüber vieles gesagt, was der Aufmerksamkeit empfohlen zu werden verdient.   A. d. Verl.

Fluten ausbrechen, und Felder und Wiesen verwüsten, die er vorher fruchtreich benetzte. O Menschen! Menschen! wie könnt Ihr doch blind genug sein, Euch von der Natur zu entfernen – den Pfad aus dem Auge zu verlieren, den sie Euch so liebreich vorzeichnet? Wie könnt Ihr glauben, durch Zwang und Gesätze es besser zu machen, als es Gott machte, der diese Natur in Euch legte, und Euch durch ihre Stimme väterlich zuruft? Seht Ihr nicht, dass Ihr Euch Eurem Verderben immer mehr nahet, je weiter Ihr Euch von dem Pfade der Natur entfernet? Verzeiht mir, liebe Fremdlinge!«, fuhr er mit feuchtem, glänzenden Auge fort: »verzeiht, wenn ich mit Hitze zu Euch spreche. Es ist nicht blinde Vorliebe für mein Vaterland, nicht Eigensinn für die Sache, die ich verteidige; es ist wahrer Eifer für Menschenwohl, wahre Überzeugung, dass es ihnen so besser wäre, und warme, innige Teilnahme an dem unglücklichen Schicksale der Menschheit, die das traurige Opfer einer unnatürlichen Gesetzgebung ist.«

Er hielt hier vor Empfindung einige Augenblicke inne. »Glaubt Ihr mir noch nicht«, so sprach er weiter, »was ich Euch von den Vorteilen unserer Verfassung sagte, so seht unser glückliches Völkchen an! Ihr werdet keinen darunter finden, der durch Liebe entnervt ist; Jünglinge und Mädchen blühen voll Gesundheit; keinen, der durch Liebe unglücklich ward, denn der Genuss wird ihm nicht dadurch erschwert. Bei all dem werdet Ihr keinen ausschweifenden Kerl, noch eine lüderliche Buhldirne sehen; und der möge übel wegkommen, der mit wildem Feuer auf die erste Beste losstürmen zu können glaubte.« – *Swirlu* ward hier feuerrot – »unsere Jünglinge und Mädchen haben darum nicht weniger ihre sanften, zärtlichen Gefühle, und werfen sich nicht jeglichem in die Arme. Die Ehen hören daher auch keineswegs bei uns auf, wie ihr fürchtet. Es ist gar nichts Seltnes, dass Mann und Weib sich miteinander unter der Bedingung verbinden: dass beide sich künftig alleine genießen wollen. Dieser Vertrag wird dann vor Zeugen errichtet, und von dem Augenblick an ist den Verbundenen fremder Genuss aufs Strengste verboten. Ihr könnt daher in diesem Lande, das Ihr für barbarisch haltet, ebenso viele und vielleicht weit mehrere Bilder häuslicher Glückseligkeit finden, als in dem Eurigen. Ich selbst habe mit meinem Weibe 15 Jahre[6] lang ein himmlisches Leben gelebt, habe 20 Kinder mit ihr gezeugt – und ewig werd' ich ihren Tod beweinen!«

Hier stockte seine Sprache; er wischte sich eine Träne aus dem Auge, und fuhr fort: »Es ist noch übrig, dass ich Euch den Einwurf beantworte, den Ihr mir machtet: dass man bei unserer Verfassung nicht wissen könne, wer eines Kindes Vater sei, und dass eben darum keiner die Vaterpflichten an seinem Kinde würde erfüllen wollen.«

»Wenn Ihr unsere ganze Einrichtung wüsstet, so würdet ihr diese Einwendung wohl schwerlich gemacht haben. Ich will Euch also davon unterrichten. Wir haben – kein Eigentum, denn die Natur hat keines; sie hat jedem gleiche Rechte, gleiche Bedürfnisse gegeben. Alles, was wir haben, das ist Feld und Frucht und Vieh,

---

6   Man erinnere sich der oben angezeigten Jahrsrechnung.

ist daher unter uns gemeinschaftlich. Niemanden fällt es ein, sich davon mehr zuzueignen, als er braucht. Und was sollte er damit tun? wozu würde es ihm helfen, als dass es ihm eine unnötige Last machte? Denn wir haben ja keine Bedürfnisse, als jene der Natur; unsere Nahrung besteht aus dem, was unser Feld und unser Vieh gibt; unsere Wohnung ist eben so einfach, und unsere Kleidung noch einfacher; denn wir tragen, wie Ihr seht, das bloße Gewand, das uns die Natur mit auf die Welt gab, und behängen uns, wenn's sehr kalt ist, mit den Häuten unserer Tiere. Aber die weise Mutter Natur hat dafür gesorgt, dass die Menschen – woferne sie den Gesetzen der Natur getreu bleiben – so viel auch derer immer da sind, genug haben, und dass von den Menschen, wie von den Pflanzen, nicht mehrere hervorkommen, als der Erdstrich, worauf sie wachsen, ernähren kann. Keiner unter uns hat also jemals Mangel; denn keiner hat Überfluss. – Sagt mir nun, meine Freunde! warum sollte der Vater sein Kind verleugnen? Warum die Mutter den Vater? Nehmt auch an, dass jener es nicht gewiss wisse – welcher unter Euch weiß es dann gewiss, dass er Vater ist? – so weiß es doch die Mutter; und da diese unter uns ganz und gar keine Ursache noch Vorteile hat, einen andern Vater anzugeben; so kann man sich auf ihre Aussage sicher verlassen, welches man, dünkt mich, bei Euch nicht immer kann.

Aber gesetzt nun sogar, dass die Mutter es nicht wisse; gesetzt, dass der Vater sein Kind verleugne – welches bei uns ein fast undenklicher Fall ist; so würde daraus hier weiter gar nichts folgen, als dass ihn das Kind nicht

Vater, und dieser den Sohn nicht Sohn nennen würde: denn der junge Ankömmling hat nun sein Teil in unserer Gemeinschaft, wie jeder andere. Der Vater – er mag das Kind als das seinige erkennen, oder nicht – braucht ihm nichts zu geben, nicht für ihn zu sorgen – und der Mutter entgeht eben so wenig das Geringste dabei, ob der Vater sich als Vater bekenne oder nicht; denn sie macht deswegen an den Vater keine Ansprüche; kann, in jedem Falle, keine machen, und hält sich für die kleinen *Mutterbeschwernisse*, durch die *Mutterfreuden* reichlich entschädigt.«

Wir standen verstummt und erstaunt über alle die praktische Weisheit, die uns der Greis hier vorgetragen hatte, und über die Wahrheit, der wir darinnen nicht zu widerstehen vermochten. Noch nie hatte ich die Sache in diesem Lichte betrachtet. Erziehung, Gewohnheit, Vorurteile umzogen sie vor mir stets mit Dämmerung. Jetzt fiel's wie Schuppen von meinen Augen, und mir war plötzlich wie einem Menschen, der zum ersten Male in seinem Leben den Tag erblickt.

Wer ist, fragt' ich mit Lebhaftigkeit, der weise Regent und Gesetzgeber Eures Landes? Und, zu meiner noch größeren Verwunderung, vernahm ich: dass hier keine Menschen, die man Könige heißt, noch andere Herrscher, sich vom Schweiß und Blute eines ganzen Landes mästen, und für mehr tausend andere davon verzehren; sondern dass drei der Klügsten und Rechtschaffensten aus dem Volke, worauf die Übrigen alle kompromittierten, jeden vorkommenden Streithandel entscheiden, und durch klugen Rat und väterliche Fürsorge dem

Lande und jeglichem Inwohner in allen Fällen beistehen. »Zwar kommen hier nur äußerst selten Streitigkeiten vor«; setzte der Greis hinzu, »denn da wir kein Eigentum haben, so hört unter uns die Hauptursache aller Zwietracht auf, und wir leben unbeneidet in glücklicher Ruhe und Eintracht.«

Die Rede des Greisen hatte mich sehr unruhig und tiefsinnig gemacht. Wir gingen itzt mit ihm, das Luftschiff ihm zu zeigen; aber ich weiß nicht mehr, wie wir hin und her kamen. Das Bild, das mir der Alte von der Glückseligkeit seines Landes geschildert hatte, beschäftigte unaufhörlich meine ganze Seele. Ich betrachtete es von allen Seiten, und fand immer mehr, dass dieses Volk, das ich für roh und barbarisch gehalten hatte, das glücklichste und weiseste, das ich kenne, in der Schöpfung sei. Ich verglich damit unsere Staatsverfassung, und fühlte den betrübten Abstand, den wir mit unserer eingebildeten Aufklärung und Verfeinerung dagegen machen; fühlte, wie glücklich auch wir, unter solch einer Einrichtung sein könnten – und welche unglückliche Sklaven unnatürliche Gesätze, des Betruges, der Habsucht und des Despotismus wir wirklich sind! Ich sah an uns – die Barbaren, und in Momoly – die aufgeklärte Nation!

Je länger wir uns in *Whashangau* aufhielten, desto mehr ward ich in meiner Überzeugung bestärkt. Ich sah überall Güte, Menschenfreundlichkeit und Herzlichkeit; jedermann bestrebte sich, dem andern gefällig zu sein; nie hört' ich, oder sah Feindschaft, Streit oder Zänkerei. Allgemeine Eintracht und Freude herrschte unter dem Volke. Des Abends versammelten sie sich

gewöhnlich bei schönem Wetter, unter einem alten großen Baume. Die Ältern saßen in einem Zirkel auf einer
Bank, und die Jüngern tanzten, Jünglinge und Mädchen
beim Tone einer Art von Schallmeien um sie her. Auf
allen Gesichtern blühte Gesundheit, und Saft und Ner-
venkraft strotzte in ihren Muskeln und den vollen flei-
schichten Lenden. Hier sah ich kein von Kummer und
Not entstelltes Gesicht; keine von Ausschweifungen
abgebleichte Wange. Man wusste hier von Krankheiten
nur sehr wenig; die meisten starben aus Entkräftung des
Alters: hingegen wusste man auch nichts von Ärzten
und Arzneien; einige Kräuter ausgenommen, die das
Land hervorbringt, und die gegen die gewöhnlichen
Krankheiten fast immer ein sicheres Mittel sind.

Eines Tages mit aufgehender Sonne, kam unser lieb-
reicher Wirt zu uns, und trug uns an: ob wir nicht heute
wollten ihrem Gottesdienste beiwohnen, weil eben
einer der Tage sei, wo sie sich gewöhnlich alle dazu versammelten. Wir willigten sehr gerne ein, und gingen mit
ihm. Er führte uns auf eine Anhöhe, von der man die
schönste Aussicht, besonders gegen Aufgang hin, hatte.

Als hier die ersten Strahlen die kommende Gottheit
verkündeten, erschallte ein feierlicher Hochgesang voll
der rührendsten Empfindung und Einfalt. Indes stieg die
Sonne, im glänzenden Purpur, langsam und majestätisch
herauf – ihre Strahlen vergoldeten den Erdkreis, und die
ganze Natur schien milde und lächelnd sich der kom-
menden Sonne zu freuen. Immer begleitete sie Gesang
voll Empfindung und Ausdruck. Nun stand Sie da! –
und alle schwiegen – fielen aufs Angesicht nieder, und

beteten in stiller Andacht. Dann stunden sie auf – warfen sich noch einmal nieder vor der Gottheit; küssten die Erde, die sie beschien – und gingen schweigend …

Nie war mir ein Gottesdienst rührender, nie ehrwürdiger vorgekommen als dieser. Ha! in dem großen, offenen Tempel der Natur – lauter lebende Bilder der wohltätigen Schöpfung um uns her – und das große würdige Bild der Gottheit im Angesichte – ha! wie so anders empfindet, und betet man hier, als zwischen den Mauern, die wir Tempel nennen, vor einem grotesken Bilde der Gottheit und dem noch groteskeren eines vermummten Pfaffen! Ich kann nicht beschreiben, was ich hier empfand. Mein Herz schwoll von heiligen Empfindungen – mir war, als säh' ich Gott – im Ausbruche des Gefühls stimmten wir alle in das Lied ein – warfen uns, von Empfindung hingerissen, mit den Übrigen an die Erde – und beteten mit Inbrunst.

Mein Herz war noch lange nachher so voll, dass ich auf unserem ganzen Rückwege kein Wörtchen sprach; nur empfand, und dachte. Ich hatte nun wieder eine Ursache mehr gefunden, die mir die Momolyten beneidenswert machte. O drei und viermal glückliches Land! rief ich endlich voll Begeisterung aus: das keine Pfaffen, keine Ärzte, keine Soldaten und – keine Könige hat!!!!

Gerne würde ich hier mein ganzes Leben zugebracht haben, wenn nicht der Gedanke an die Meinigen mich an meinen Planeten hingezogen hätte; wozu sich noch der fromme Wunsch gesellte: das, was ich hier gesehen und gehört hätte, zum Besten meines Vaterlandes zu benutzen. Vielleicht, dacht ich, wird einmal Wahrheit, durch Beispiele und Erfahrungen unterstützet, Eingang finden. Mein Entschluss ward dadurch beschleunigt, unmittelbar in mein Vaterland zurücke zu kehren, und die Videnda in der *Venus*, die mir mein Freund, der große Astrolog auf Erden in meine Schreibtafel notiert hatte, einem andern zu überlassen.

Ich teilte dies Vorhaben meinen Reisegefährten mit; und wir machten die nötigen Anstalten zu unserer Rückkehr. Unser Wirt und alle Whashangauer verloren uns sehr ungerne, und drangen in uns, noch länger zu bleiben. Allein wir traten, ohne ferneren Verzug, wiewohl mit schweren und gepressten Herzen, unsere Rückreise, unter allgemeinem Zusammenlaufe und Erstaunen des Volks, an, und verließen vom lauten Zurufe der Segenswünsche begleitet, dies Land, wo noch itzt meine Seele oft im Dämmerscheine wandelt.

Ich will mich bei Beschreibung meiner Rückreise nicht aufhalten: sie liegt außer meinem Plane. Genug: wir kamen nicht ohne Beschwernisse und Gefahren – wobei die ganze Geschicklichkeit unserer Steuermänner nötig war – wieder zur Erde.

Das Erste, was ich nun hienieden tue, ist, diese merkwürdige Erzählung ganz neu den Mitbürgern meines Planeten vorzulegen, um sie zu überzeugen, dass *nur Natur und Einfalt wahrhaft glücklich machen.* O! mögten sie, durch Beispiele klug, diese große Wahrheit doch einmal erkennen, und befolgen! Wie reichlich würde ich mich für meine Reise belohnt halten!

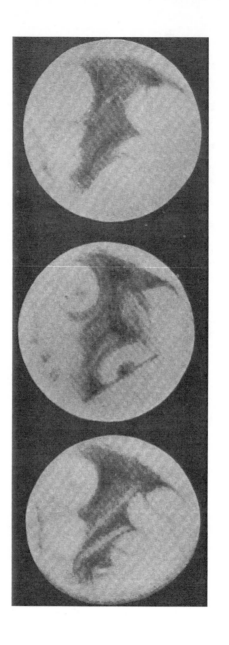